AF199294

www.s-ng.de

Über die Geschichte

Die E-Mail eines verloren geglaubten Freundes aus seinem alten Leben beschert Sascha einen ganz besonderen Tag, wie er es so nie für möglich gehalten hätte.

Aus einem tiefen Tal heraus gesehen wirkt ein Berg umso unüberwindbarer. Man mag ihn gar nicht erst in Angriff nehmen. Sascha hat schon ein Stück Wegstrecke im Tal zurückgelegt, aber noch kaum an Höhe gewonnen. Am Ende des Tages, dessen Zeuge du hier wirst, ist Sascha noch lange nicht über den Berg. Aber er hat einen Freund und endlich genug Kraft, sich der Herausforderung zu stellen. Oben leuchtet der blaue Himmel. Ein bisschen davon kann Sascha schon sehen.

„Über den Berg" ist ein Spin-Off des Romans „Weil du es bist". Die Kurzgeschichte spielt in der Zeit während Fredis und Saschas Trennung. Sie lässt sich unabhängig vom Roman lesen.

Ursprünglich war „Über den Berg" ein Wettbewerbsbeitrag für den Kurzgeschichtenwettbewerb „Tag des Schreibens" von neobooks.com und suite101 im Juli 2011.

Anschließend war die Geschichte Teil der Anthologie „Zeilenumbruch", Edition Z, twinmedia Verlag. Die Anthologie ist inzwischen vergriffen und die Rechte am Text liegen wieder bei mir.

Über mich

Ich bin Sabine Nagel, und ich habe schon immer gern (und viel) geschrieben. Ich liebe es, währenddessen vollkommen abzutauchen in die Gedanken-, Gefühls- und Erlebniswelt meiner Protagonisten. Für mich sind sie dann real, und während ich schreibe, *bin* ich quasi meine Protagonisten. Das ist ein sehr, sehr intensives Gefühl.

Im wahren Leben bin ich Lehrerin. Aufgewachsen bin ich als echtes „Nordlicht" in Schleswig-Holstein. Zum Studieren ging ich nach Hannover, wo ich insgesamt 12 Jahre wohnte und in dieser Zeit die Stadt kennen und lieben lernte.

Mittlerweile lebe ich im Raum Nürnberg. Ich bin verheiratet und habe zwei siebenjährige Kinder.

Mehr Informationen über mich unter www.s-ng.de.

SABINE NAGEL

Über den Berg

KURZGESCHICHTE

Impressum:

Über den Berg. Kurzgeschichte.
1. Auflage
© Sabine Nagel, 2011/2019

Herstellung und Verlag:
BoD – Books on Demand, Norderstedt

Lektorat: Ivar Furrer und Tonja Züllig

Covergestaltung: Sabine Nagel unter Verwendung des Fotos „Carnedd Dafydd, Snowdonia, Wales" von Sabine Nagel

ISBN Taschenbuch: 978-3-7504-1936-0
ASIN eBook: B082BG9JP1

Bibliographische Informationen der deutschen Nationalbibliothek: Die Deutsche Nationalbibliothek verzeichnet diese Publikation in der deutschen Nationalbibliographie; detaillierte bibliographische Daten sind im Internet unter http://dnb.d-nb.de abrufbar.

Kontakt: info@s-ng.de

Alle Personen in diesem Roman sind frei erfunden. Übereinstimmungen oder Ähnlichkeiten mit realen Personen sind zufällig und nicht beabsichtigt.

Manchmal erscheint ein Weg zu weit
und ein Hindernis unüberwindbar.
Dann ist es gut, wenn du jemanden an deiner Seite hast,
der dir hilft, die Herausforderung anzunehmen.
Einen Freund.

ÜBER DEN BERG

Es ist Samstagmorgen, 0:11 Uhr. Ich sollte ins Bett gehen, aber ich kann ja doch nicht schlafen. Seitdem ich mich von Fredi getrennt habe, liege ich oft noch lange grübelnd im Bett. Sie fehlt mir, immer noch. Ich habe sie geliebt. Und doch habe ich sie in den Wind geschossen. Weil ich keine Kraft mehr hatte, ihr vorzumachen, dass es mir gut geht. Ich will stark sein, ebenbürtig; gelungen ist es mir nicht. Jetzt kämpfe ich wieder allein, seit neun Monaten schon, mit mir und mit meinem beschissenen Leben und jede Nacht mit dem Einschlafen.

Ich öffne noch einmal das E-Mail-Programm. Vielleicht gibt's ja doch noch was Neues, auch wenn es unwahrscheinlich ist. Max und Philipp aus meinem Semester und Hannes vom Basketball, der irgendwie viel besser klarkommt als ich, haben auch was Besseres zu tun, als mich ständig mit Mails zu beglücken.

Es macht „pling" – ich habe tatsächlich eine neue Mail. Ich erschrecke, als ich den Absender erkenne. Markus Wieland. Mein bester Freund aus meinem alten Leben. Er hat die Mail erst vor wenigen Minuten abgeschickt. Was will er von mir? Atemlos lese ich seine Zeilen:

Hi Sascha,
wollte mal hören, wie's dir so geht. Ich weiß, du hast mir gesagt, du willst keinen Kontakt mehr, aber das ist jetzt zweieinhalb Jahre her. Zweieinhalb Jahre sind eine lange Zeit. Ich will mich nicht aufdrängen. Aber du sollst wissen: Ich bin immer noch dein Freund und habe dich nicht vergessen. Ich

hoffe, dir geht es gut. Wenn ja, lass mal von
dir hören. Wenn nein – dann erst recht. Meine
Handynummer siehst du unten in der Signatur.
Ich würde mich sehr freuen.
Ganz liebe Grüße,
Dein Freund Markus

Von außen betrachtet eine ganz normale Mail. Schrifttype
Courier New, 10 Punkt, Nur-Text Format. Kein Bild, kein An-
hang. Wenige Zeilen, im wahrsten Sinne des Wortes unauf-
dringlich. Nüchtern. Und doch treffen sie mich, mitten ins
Herz.

Ich habe in letzter Zeit öfter an Markus gedacht. Wie kommt
er darauf, mir gerade jetzt zu schreiben? Ahnt er, dass ich längst
bereue, ihn damals weggeschickt zu haben? Dass es mir leidtut,
so gemein und zynisch gewesen zu sein, nur damit er endlich
geht? Er ist damals der Hartnäckigste von allen gewesen. Ich
musste die schwersten Geschütze auffahren, alle Brücken ab-
brechen, alles Land verbrennen. Irgendwann ist er wirklich gegangen.

„Ein Ekel bist du geworden, Sascha. Weißt du was, du
kannst mich mal. Ertrink doch in deinem Selbstmitleid, wenn
dir das lieber ist." Seine Stimme war voller Hass, als er es zu mir
sagte, auf dem Absatz kehrtmachte und ging. Und ich blieb zurück, allein auf dem Bett, daneben der Rollstuhl, dessen Sitzflä-
che mir unendlich weit weg und unerreichbar schien. Markus'
Worte hätten für mich ein Schlag ins Gesicht sein müssen, aber
ich war einfach nur erleichtert, dass er weg war und nicht sah,
wie ich mich abmühte. Wie mir der Schweiß auf die Stirn trat,
wenn ich all meine Kräfte zusammennahm, um vom Bett in den
Rollstuhl überzusetzen. Wie meine Arme von der Kraftanstren-
gung zu zittern begannen, weil ich mehrere Anläufe brauchte,
bis es mir endlich gelang, meinen bis zum Bauchnabel gelähm-
ten Körper in den Rollstuhl zu befördern. Als ich schließlich
drin saß, war mein T-Shirt nass vor kaltem Schweiß.

Und Markus war weg.

Für immer. Wie so viele. Alle eigentlich.

Gut so.

In meinem neuen – armseligen – Leben war kein Platz für ihn.

Erst sitze ich eine Weile wie betäubt vor dem Bildschirm. Ich höre Markus' wütende, enttäuschte, schneidende Stimme, als hätte er es eben erst gesagt. Und jetzt diese Mail. Einfach so baut er mir eine Brücke. Lässt zwischen den Zeilen durchblicken, dass er nicht sauer ist wegen damals. Weit hat er die Tür geöffnet, und ich muss einfach nur hindurchgehen. Oder vielmehr hindurchrollen.

Ich beginne zu zittern, als ich, einem spontanen Impuls folgend, Markus' Nummer wähle. Nach ein paar Ziffern breche ich ab. Was soll ich überhaupt sagen? Mich erklären? Um Verzeihung bitten? Mein Mund ist plötzlich trocken und mein Kopf leer.

Schließlich lege ich das Telefon wieder weg, öffne Markus' E-Mail erneut und drücke auf den „Antworten"-Button.

Hi Markus,
danke für deine Mail. Ich weiß nicht, wie es mir geht, besser, ja, aber gut ist definitiv das falsche Wort. Ich brauche für den Wechsel vom Bett in den Rolli keine drei Sekunden und hab mich an mein neues Leben zumindest einigermaßen gewöhnt, immerhin soweit, dass ich mich über deine Mail sehr, sehr freue.
Für ein paar Monate hatte ich sogar eine Freundin, aber ich Idiot habe sie auch in die Wüste geschickt, ich war einfach noch nicht bereit. Mittlerweile frage ich mich, was schlimmer ist, die Behinderung an sich oder dieser hirnrissige Drang, alle, dir mir was bedeuten, wegschicken zu wollen.

Was machst du so? Studierst du wirklich Geographie in Mainz, wie du es damals vorgehabt hast? Machst du noch Zehnkampf?
Sorry, dass ich so feige bin und maile anstatt anzurufen, aber meine Finger haben einen fürchterlichen Zitteranfall bekommen, als ich deine Nummer wählen wollte ...
Liebe Grüße,
bis bald,
Sascha.

Ich setze die Signatur mit meiner Telefonnummer ebenfalls drunter und drücke sofort auf „Senden", bevor ich es mir noch anders überlege.

Das Telefon klingelt schneller, als ich es erwartet hätte. Im Display erkenne ich die von Markus angegebene Nummer wieder. Anscheinend ist er auch noch wach. Augenblicklich wird mein Mund wieder trocken, aber ich überwinde mich und nehme ab.

„Hallo Markus."

„Hi, Sascha. Abnehmen geht wohl noch?" Es ist dieselbe warme, fröhliche und wie so oft ein bisschen ironische Stimme, die ich von Markus kenne.

„Äh, ja, ist ja eine ... eher ... grobmotorische Tätigkeit. Schön, dass du anrufst."

„Schön, dass du rangehst. Und dass du geantwortet hast. Ich hab deine Mail mal als Aufforderung zum Anrufen verstanden."

„Das hast du richtig interpretiert. Ich ... ich freue mich sehr."

„Ja, nun lass mal gut sein. Ich entnehme deiner Mail erfreut, dass du deinen Humor wiedergefunden hast."

„Na ja, mal mehr, mal weniger. Es ist immer noch ein täglicher Kampf." Warum erzähle ich ihm das? Woher kommt diese plötzliche Offenheit? Wieso sprudeln die Worte so aus mir heraus? Ich beiße mir auf die Zunge. Markus soll nicht denken, dass ich ihn als seelischen Mülleimer missbrauchen will.

Gottseidank geht er nicht auf meinen Beinahe-Seelen-Striptease ein. „Ich bin morgen – also Samstag – in Hannover. Hast du Lust und Zeit für ein Treffen?"

Ich habe am Samstagnachmittag ein Basketball-Punktspiel, aber das erwähne ich besser nicht. Er will sonst bestimmt zugucken. Aber ich will nicht, dass er sieht, wie ich mit neun anderen Rollstuhlfahrern wie wild einem Ball hinterherjage.

„Morgen früh würde passen", sage ich ohne weitere Erklärung.

„Ja, prima. Gehen wir zusammen irgendwo frühstücken oder soll ich mit Brötchen vorbeikommen?"

„Woher willst du wissen, dass ich einfach mal eben so auswärts frühstücken könnte?"

Am anderen Ende der Leitung ist es für einen Augenblick still. Der Moment ist kurz, aber doch lang genug, dass mir auffällt: Den letzten Satz hätte ich besser nicht gesagt. Die „Selbstmitleid"-Warnleuchte blinkt drohend. Ich bin ein Idiot. Ein verdammter Idiot.

„Ist die Annahme falsch?", fragt Markus schließlich. Er klingt ein bisschen unsicher.

„Nee, du hast schon richtig kombiniert. 'Tschuldigung. Um zehn Uhr im ‚Alex' am Klagesmarkt?"

Das Frühstück mit Markus ist wunderbar. Wir sitzen gleich neben dem Eingang; die Januarsonne wärmt uns durch das Fenster. Ganz selbstverständlich trägt Markus auch mein Tablett vom Buffet zum Tisch. Er und ich haben uns über zwei Jahre nicht gesehen, aber das scheint keine Rolle zu spielen. Wir sprechen nicht über die Zeit direkt nach dem Unfall, auch nicht über die Gemeinheiten, die ich ihm an den Kopf geworfen habe. Er hat mir ganz offensichtlich verziehen und verlangt keine Entschuldigung. Das ist Freundschaft, denke ich erleichtert und dankbar.

Wir erzählen viel und lachen sogar. Fast ist es wie früher.

Nur, dass wir diesmal auf keinen Fall anschließend noch irgendetwas Verrücktes tun werden. Wie einen Baukran hochklettern zum Beispiel. Oder mit Klamotten in die Ihme springen. Markus und ich haben immer irgendwelche verrückten Sachen gemacht. Mutproben. Streiche. Wir waren auf der Sonnenseite des Lebens. Sportlich, mutig, ideenreich, witzig, cool. Durch dick und dünn sind wir gegangen. Haben zusammen Mädchen geärgert und Lehrer. Sind mit vierzehn schon zu zweit durch Holland geradelt. Jahrelang fuhren wir dreimal pro Woche zusammen nach Hannover zum Training. Zehnkampf. Wir waren beide gut, sehr gut. An den niedersächsischen Jugendmeisterschaften durfte dann nur ich teilnehmen. Aber das hat unsere Freundschaft nicht belastet. Wir hatten immer Spaß.

Bis zu jenem beschissenen Tag, an dem sich alles änderte. Natürlich ist auch das ein Tag gewesen, den ich mit Markus verbracht habe. Ein Tag wie so viele andere – draußen in der Natur, am Berg, fröhlich, kraftvoll, auf dem Weg nach oben. Und dann, ein Fehltritt. Ein wackliger Stein, im Übermut mit viel zu viel Schwung betreten. Statt aufwärts ging es abwärts. Viel zu schnell. Ein Baum am Abhang rettete mir das Leben – und brach mir die Wirbelsäule. Mit ihr zerbrachen auch mein altes Leben und meine Selbstachtung.

„He, was ist?", unterbricht Markus meine Gedanken. Wir sind inzwischen fast fertig mit dem Frühstück und haben die letzten Minuten geschwiegen.

„Ach, nichts", wiegele ich ab. „Ich dachte nur ... an früher. War echt 'ne schöne Zeit."

„Ja, wirklich. Ich hab' dich sehr vermisst, Sascha."

„Warum? Das lohnt sich nicht. Ich bin nicht mehr derselbe. Es ist nicht mehr so wie früher."

„Stimmt. Du bist voll der Langweiler geworden. Ich hatte gedacht, wir könnten heute noch da drüben das Baugerüst hochklettern und den Bauarbeitern für Montag 'ne Flasche Bier hinstellen, aber wenn ich dich so ansehe, wird mir klar, das wird wohl nichts."

Natürlich weiß ich, er meint es ironisch, aber seine Worte tun mir trotzdem weh. „Dann such dir doch jemand anderen zur Bespaßung", will ich ihm entgegenbrüllen, aber die Warnleuchte blinkt zum Glück so grell, dass selbst ich es bemerke, und mit Mühe schlucke ich die Worte runter. Doch mir fällt beim besten Willen nichts Schlagfertiges ein, das ich stattdessen sagen könnte.

„’Tschuldigung", sagt Markus, plötzlich ganz leise. „War ’n blöder Scherz."

„Schon okay. Ich hab's gerade noch geschafft, dich nicht wieder wegzuschicken."

Unsere Blicke treffen sich. Mehrere Sekunden lang schauen wir einander an.

Markus räuspert sich. „Sascha, du hast recht, es ist nicht mehr so wie früher. Deine Behinderung hat dein Leben verändert. Und auch dich, wie sollte es auch anders sein? Aber lass es dir von deinem alten Freund gesagt sein: Du bist trotzdem noch derselbe."

„Woher willst du das wissen?" Er sieht mich doch nicht, wenn es mir dreckig geht. Er weiß nicht, wie anstrengend es ist, den Schein zu wahren, gute Laune zu demonstrieren, lustig zu sein, obwohl mir eigentlich zum Heulen zumute ist. Er weiß nicht, wie es ist, wenn man mal für ein paar Augenblicke vergisst, dass nichts mehr ist wie vorher, wenn man sich fast ein bisschen glücklich gefühlt hat – nur um kurze Zeit später wieder von der Realität eingeholt zu werden. Die einen dann trifft wie ein Schlag und das ganze eben erlebte Glück plötzlich schal werden lässt.

„Woher ich das wissen will? Ich sehe es, Sascha. Ich sitze hier mit dir und wir erzählen, du hast immer noch denselben Humor, wir haben immer noch dieselbe Wellenlänge."

„Aber ich –"

„Glaub nicht, ich würde nicht merken, dass du noch immer

ziemlich neben der Spur bist", fährt Markus einfach fort. „Du haderst und du leidest. Aber meinst du nicht, dass das ganz normal ist? Gerade wenn man vorher so sportlich und unternehmungslustig war wie du? Mann, Sascha, gib dir doch einfach Zeit. Irgendwann bist du über den Berg. Du bist und du bleibst du, und ich bin verdammt froh, dass ich mich gestern Nacht über deinen Befehl hinweggesetzt und dir die Mail geschrieben habe."

„Das bin ich auch." Ich habe einen dicken Kloß im Hals, meine Worte klingen gepresst. Ich will nicht heulen, nicht hier in der Öffentlichkeit und schon gar nicht vor Markus. Aber ich halte es nicht mehr aus. Ja! Ich hadere und ich leide und ich hasse mich dafür! Ich will stark sein. Ein Mann und kein Jammerlappen. Ich will den alten Sascha zurück, den fröhlichen, aktiven, sportlichen, lustigen und gesunden Sascha von damals! Verdammt, ich schaffe es nicht, die Tränen zurückzuhalten, ich muss weg hier. Während ich hastig vom Tisch abrolle und meinen Rolli drehe, reiße ich einen Stuhl vom unbesetzten Nachbartisch um. Egal. Ich will nur weg. Meine Hände arbeiten wie verrückt, während ich raus aus dem „Alex" und dann quer über den Klagesmarkt hetze, wohin genau, weiß ich auch nicht.

Irgendwo hinter mir höre ich Markus, der irgendetwas von „Notfall" und „Wir kommen wieder und zahlen, versprochen!" ruft und mir – natürlich – folgt. Ich bin inzwischen ziemlich schnell mit dem Rollstuhl, aber hier auf dem Kopfsteinpflaster habe ich keine Chance. Es wird nicht lange dauern, dann hat er mich. Ich fliehe weiter, freue mich über jedes Stückchen Asphalt, das sich mit dem Kopfsteinpflaster abwechselt. „Ich schicke ihn nicht weg, ich schicke ihn nicht weg", hämmert es in meinem Kopf. Es hat gut getan, mit ihm zu reden. Es war so schön. Ich habe ihn auch vermisst. Und er rennt mir jetzt nach, obwohl ich mich so idiotisch benehme. Ich habe alles verloren. Mein altes Leben und auch Fredi, die mein neues Leben für einige Zeit wieder ein wenig bunt gemacht hat. Markus ist wieder gekommen, einfach so. Ich will ihn nicht noch mal verlieren. Nicht wieder das alte Verhaltensmuster, ich schicke ihn nicht weg ...

Ich weiß nicht, warum. Plötzlich bleibe ich stehen. So abrupt, dass es mich fast aus dem Stuhl haut. Ich merke: Ich heule. Niemals hab ich so geheult. Markus kommt und stellt sich hinter mich. Legt mir die Hände auf die Schultern und sagt nichts. So, wie Fredi es oft gemacht hat, wenn sie gemerkt hat, dass es mir nicht gut ging, und sie für mich da sein wollte. Ich habe sie dann meistens angeblafft. Konnte ihr Mitgefühl nicht ertragen. Schließlich habe ich sie weggeschickt. Als alles kaputt war. Als ich den Bogen überspannt hatte, endgültig. Weil ich die Farbe in meinem grauen Leben nicht ertragen konnte.

Markus' Hände sind warm. Ich widerstehe dem Drang, mich loszureißen. Ich sitze nur da und ertrage seine Nähe und heule und spüre den Druck seiner Hände auf meinen Schultern, und ich weine immer noch und es hört nicht auf. Markus steht einfach hinter mir und sagt nichts. Er ist für mich da, wartet ab und schweigt.

Irgendwann sind einfach keine Tränen mehr da. Mit den Ärmeln meines Pullovers trockne ich mir das Gesicht, so gut es geht. Markus nimmt die Hände von meinen Schultern und setzt sich mir schräg gegenüber auf einen der vielen Poller. Noch immer schweigt er. Er überlässt mir das erste Wort.

Ich weiß nicht, was ich sagen soll. Ein „Danke" oder ein „Entschuldigung" wäre zu abgedroschen und würde dem, was ich empfinde, nicht annähernd gerecht werden. Dafür gibt es keine passenden Worte. Aber das macht nichts. Markus braucht jetzt keine.

Ich fühle mich auf einmal frei und leicht und irgendwie auch stark, ohne dass ich erklären könnte, warum. Plötzlich weiß ich, was ich heute mit Markus tun will. Tun muss. Jetzt oder nie.

„Komm, wir zahlen", sage ich. Und dann: „Hast du heute noch was vor?"

Er sieht mich überrascht an. „Nein", antwortet er.

„Ich würde gern etwas Verrücktes mit dir unternehmen."

Er lächelt. „Was immer du willst. Ich würd' sagen: Du zahlst das Frühstück, und dafür ist es heute dein Tag."

„Einverstanden."

Markus erhebt sich, dann setzen wir uns in Bewegung und gehen wieder zum „Alex" zurück. Wir nehmen wieder an unserem Tisch Platz.

„Ich bitte um Entschuldigung für die verspätete Zahlung", sage ich zu der Bedienung, die uns ziemlich befremdet anschaut. „Ich musste mich erst seelisch auf den Zahlvorgang einstellen."

Markus grinst. Die junge Frau runzelt die Stirn, sagt aber nichts. Ich gebe etwas mehr Trinkgeld als üblich; danach bleiben wir noch ein paar Minuten am Tisch sitzen.

„Und wie lautet das Programm für heute?", will Markus wissen.

„Es ist ziemlich verrückt, aber sehr anders als das, was wir früher so gemacht haben", beginne ich.

„Ich bin gespannt."

„Wir schauen beim Sportleistungszentrum vorbei und gucken, ob man uns als Ehemalige noch erkennt. Wenn man uns lässt, machen wir beide ein 100m-Wettrennen auf der Tartanbahn. Wenn du gewinnst, und davon gehe ich aus, dann musst du mich heute Nachmittag zu meinem Basketball-Punktspiel begleiten."

„Bist du dir sicher?" Markus' Blick verrät, dass er genau weiß, was dieses Vorhaben für mich bedeutet.

Ich weiß es auch. Es wird sehr hart werden und schmerzhaft. Ein langer Weg, und heute ist nur der Anfang. Ich habe keine Ahnung, warum ich mich jetzt dafür bereit fühle.

„Es ist mein Tag, hast du gesagt. Ein Tag des Wiedersehens

und des Abschieds. Und ein Tag des Neuanfangs. Ich weiß, was ich tue. Und ich weiß, dass ich es mit dir zusammen tun will."

„Okay." Markus grinst. „Aber nicht wieder weglaufen, wenn dir die Tränen kommen."

„Das wird nicht passieren. Mit dem Laufen hab ich's nicht mehr so."

Markus boxt mir scherzhaft in die Seite.

Ich bin ziemlich nervös, als wir zum Sportleistungszentrum aufbrechen. Natürlich wird man mich dort noch kennen. Ich kann mir lebhaft vorstellen, wie unbeholfen die Gespräche ablaufen werden. Und wie sie gucken werden, wenn ich über die Tartanbahn rase. Wie sie Anerkennung heucheln werden, dass ich so schnell mit dem Rolli bin, nur um ihr Mitleid zu überspielen. Markus wird mir offen seine Bewunderung aussprechen, wie gut ich Basketball spiele. Wie souverän ich mit dem Rollstuhl umgehe. Ich werde das Lob kaum ertragen können. Aber ich werde es mir anhören. Ich gebe mir Zeit. Irgendwann werde ich so ein Lob vielleicht aushalten können. Wenigstens das von Markus. Er wird es ehrlich meinen. Er ist mein Freund.

Das habe ich heute verstanden.

DANK

Zuallererst gilt mein Dank dir, liebe*r Leser*in! Ich freue mich sehr, dass du Sascha durch diesen besonderen Tag begleitet hast. Ich hoffe, die Geschichte konnte dich gefangen nehmen und berühren und Sascha und Markus in dir lebendig werden lassen. Denn dafür habe ich sie geschrieben.

Ich würde mich sehr freuen, wenn du mich (und andere) an deinem Leseerlebnis teilhaben lassen würdest, zum Beispiel in Form einer Rezension, dort, wo du das Buch gekauft hast, auf Lovelybooks oder in anderen Shops oder Portalen. Das hilft nicht nur anderen, dieses Buch zu finden, sondern ist auch für mich als Autorin ein wertvolles Feedback. Darüber hinaus freue ich mich natürlich auch über Mails an info@s-ng.de oder über Kommentare auf meiner Homepage www.s-ng.de. Der Dialog mit meinen Leser*innen ist für mich ein großes Geschenk – denn mit jedem, der meine Geschichten liest und sein Leseerlebnis mit mir teilt, werden meine Protagonisten, die mir so sehr ans Herz gewachsen sind, für mich ein kleines Stückchen „realer".

Ich danke auch Tonja Züllig und Ivar Furrer, die die Geschichte lektoriert haben. Ich habe beim Überarbeiten viel über die männliche Denkweise gelernt ☺!

Nicht zuletzt möchte ich auch meinem Mann und meinen Kindern danken, einfach dafür, dass es euch gibt und dass ihr Teil meines Lebens seid!

Herzliche Grüße, Sabine Nagel

WEITERE WERKE VON MIR

Wenn dir „Über den Berg" gefallen hat und du noch mehr über Sascha erfahren willst, so seien dir diese beiden Werke ans Herz gelegt, die in inhaltlichem Zusammenhang mit „Über den Berg" stehen. Alle drei Bücher können unabhängig voneinander gelesen werden.

„Zurück." – Kurzgeschichte

Kurztext:

„Zurück." ist die Geschichte von einem, der lange weg war und langsam wieder zurück ins Leben findet.

Nach einem schweren Unfall, der sein Leben grundlegend veränderte, hat sich Sascha lange von seinen Freunden zurückgezogen. Auf einer Party stellt er sich erstmals der erneuten Begegnung. Die Musik weckt Erinnerungen und neue Kräfte ...

24 Seiten.
ISBN Heft: 978-3-7504-2285-8
Auch als eShort erhältlich

Leseprobe und weitere Informationen:
www.s-ng.de/?page_id=290

„Weil du es bist" – Roman

Kurztext:

Eine Liebe, so groß wie ein ganzer blauer Sommerhimmel. Zwei junge Menschen, wie füreinander bestimmt. Doch für einen von ihnen ist es zu früh.

Als Fredi Sascha zum ersten Mal begegnet, ist es ein Anfang, der eigentlich keiner sein sollte. Denn für Sascha ist eineinhalb Jahre nach seinem folgenschweren Unfall nichts mehr so, wie es war. Aber in Wahrheit gibt es vom ersten Moment an kein Zurück. Da ist dieser Zauber. Diese unmittelbare Verbindung. Dieses Glück. Das zwischen ihnen, das ist Liebe.

Und so lassen sie sich aufeinander ein, mit Haut und Haaren und ohne Wenn und Aber – trotz allem. Zusammen fliegen sie wie Schmetterlinge durch den Himmel und zugleich sind sie auf einer wundervollen Entdeckungsreise zueinander. Es scheint, als könnte es ihnen gelingen, die dunklen Momente zu überwinden und das Glück festzuhalten.

Doch dann trifft Fredi eine Entscheidung, deren Tragweite sie völlig unterschätzt …

Eine atmosphärische und dichte Geschichte über eine große Liebe, von überwältigendem Glück und stillem Schmerz, ein Roman über Verlust und Trauer – und einen vorsichtigen Neuanfang.

396 Seiten.
ISBN Taschenbuch: 978-3-7504-1779-3
auch als eBook erhältlich.
Leseprobe und weitere Informationen: www.s-ng.de/?page_id=41

Außerdem:

„Das mit Percy" (Arbeitstitel) – Young Adult Roman/AllAges

<u>Kurztext:</u>

Drei Wochen im Herbst 2009. Für Manu und Percy geht es in diesen Tagen um alles, was sie sind und was sie waren. Aber sie haben einander, vielleicht jedenfalls, wenn man es doch nur genau wüsste, wenn man sich doch nur sicher sein könnte.

Für Manu wäre es am besten, wenn die Zeit stehen bliebe. Denn alles ist eigentlich ganz gut so, wie es ist. Zwar ist Manus Mutter entweder völlig überdreht oder liegt leidend im Bett, doch Manu kommt damit klar, nicht zuletzt wegen der Freundschaft zu Phil, Tom, Lenny und Steffen. Dann begegnet Manu Percy, dem verschlossenen Laptop-Freak, der eine Schreibschwäche hat und nie was sagt. Wer hätte gedacht, dass Percy plötzlich für Manu so wichtig wird? Mit ihm ist alles so anders als mit Phil oder den anderen. Aufregend. Neu. Wenn das mit Percy nicht alles durcheinanderbringen würde, was Manu bisher von sich selbst dachte, dann könnte es auch schön sein.

218 Seiten

Der Roman ist derzeit noch nicht erschienen.

Leseprobe und weitere Informationen:
www.s-ng.de/?page_id=1016